F_S

Niederschlesien 1939. Der sechsjährige Paul von Diewitz und seine Eltern entstammen altem Landadel. Sie führen ein edles Leben mit Angestellten, wertvollen Dingen und hohen Räumen. Das Geschehen im Schloss Schönenberg nimmt jedoch eine entscheidende Wendung. Nicht nur das Schloss verändert sich, sondern mit dem beginnenden Zweiten Weltkrieg auch Lage und Lebenswege der Bewohner.

Ein Buch, das vom Ankommen erzählt und in knappen szenischen Bildern das Aufwachsen in bewegten Zeiten beschreibt.

Tom Weichelt, geboren 2000, ist seit 2018 als freischaffender Künstler tätig. 2019 begann er sein Studium an der Freien Kunstakademie Nürtingen. Tom Weichelt lebt und arbeitet in Nürtingen.

Tom Weichelt

Farbenschachtel

Erzählung

Mit einem Nachwort
von Frederik Schissler

Bibliografische Information der Deutschen Nationalbibliothek:
Die Deutsche Nationalbibliothek verzeichnet diese Publikation in der Deutschen Nationalbibliografie; detaillierte bibliografische Daten sind im Internet über dnb.dnb.de abrufbar.

Herstellung und Verlag: BoD – Books on Demand, Norderstedt
Umschlaggestaltung: Tom Weichelt

Mit freundlicher Unterstützung des Kulturamts der Stadt Nürtingen.

ISBN 978-3-7534-8007-7

Für meine Großmutter

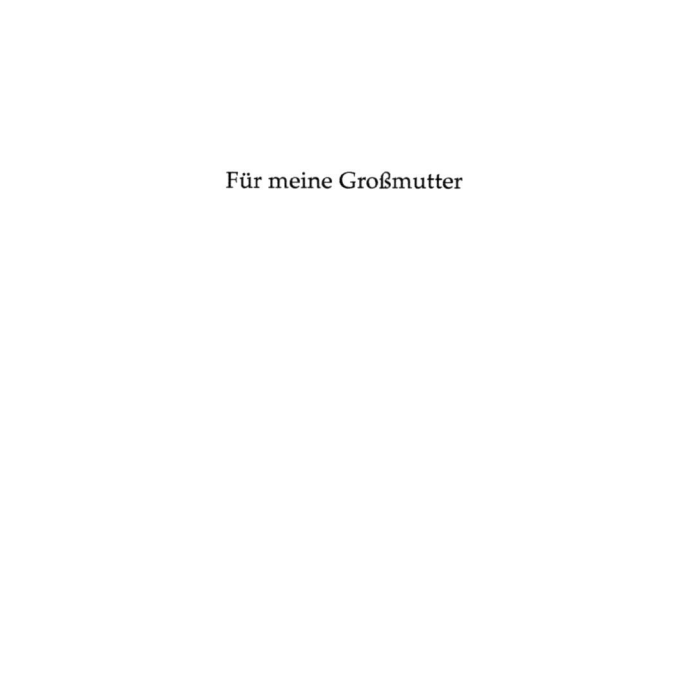

Schönenberg
28. Juni 1939

Sommerabends verkroch ich mich mit Vaters Büchlein in die Ofennische. Ich legte es in meinen Schoß und mein Zeigefinger fühlte das Relief des Einbands. Auf der anderen Seite des Fensters schwärmten Mücken im Licht. Ich öffnete das Büchlein, setzte meinen Finger in der Nähe des ersten Buchstabens auf das Papier und entzifferte. *Friedrich Hugo Albert von Diewitz – Aufzeichnungen.* Vaters Schrift besaß einen starken Willen und ich spürte, wie seine Hand über das Papier gerannt war.

Ich blätterte zur Seite vom 12. Mai 1933, meinem Geburtstag, und versuchte zu lesen. Doch die Wörterflut erdrückte mich.

Ich klappte das Buch zu und löste mich aus der Nische. In den Räumen lag ein warmer Dampf und es war ungewöhnlich still. Mutter und Vater waren einige Stunden zuvor zu einem Ausritt aufgebrochen.

Im Treppenhaus mischten sich Zwiebelgerüche in die feste Luft; die Tür zu den Wirtschaftsräumen im Erdgeschoss war angelehnt. Durch den Spalt beobachtete ich das geschäftige Treiben unserer Wirtschafterin Frau Schwanke und des Küchenmädchens Herta. Eine Weile stand ich, betrachtete Vaters Büchlein in meiner Hand und dann wieder die beiden Frauen. In den Pfannen auf der Kochmaschine brutzelte bereits Fett – Dampf füllte den Raum.

»Herta?«, flüsterte ich vorsichtig.

»Herta?« Sie kam.

»Kannst du mir das vorlesen?«, fragte ich und blätterte zu meiner Seite.

»Mit dem Gesang der Amseln verschwand das Licht hinter den Erlen und tauchte die Welt zwischen Park, Schloss und Dorf in eine samtige Melancholie. Langsam legte sich über das weite Land die Dämmerung. Fenster leuchteten auf und in den Scheiben spiegelten sich die Geburten der vorigen Generationen«, las Herta. Sie senkte das Buch. Ihre grünen Augen blickten andächtig. Tschitscherinegriene, dachte ich und in meinen Gedanken erschienen Mutters Lachfalten. Es war eines der Wörter, das ihre kindliche Seite weckte.

»Nochmal, bitte.«

»Herta! Die Kartoffeln!«, rief Frau Schwanke und Herta verschwand wieder im Türschlitz. Jaja, dachte ich, mein Geburtstag. Tante Elsi hatte in ihrem Glückwunschschreiben damals von einem Frühlingskind gesprochen und davon, dass durch meine Geburt ihre Lebensfreude zurückgekehrt sei. In Gedanken wiederholte ich Vaters Sätze. Mit den Amseln verschwand das Licht hinter den Erlen. Langsam legte sich die Dämmerung über das weite Land.

Fenster leuchteten auf und in den Scheiben spiegelten sich die Geburten der vorigen Generationen.

Sommers aßen wir im Blauen Salon zu Abend. Der Tisch war bereits gedeckt, alle Fenster des Eckraums geöffnet. Gute Lüftchen drangen herein und erhellten die Gemüter. Ich ging mit weichen Schritten von Fenster zu Fenster und beugte mich hinaus in die Parkluft. Frau Schwanke und Herta betraten den Raum und servierten Kartoffeln mit Pökelfleisch. Unter Mutters mahnenden Blicken drückte ich die mürben Salzkartoffeln mit dem Gabelrücken zu Brei und mischte Soße darunter.

30. Juni 1939

Vater besaß ein morgendliches Ritual, das er wiederum von seinem Vater übernommen hatte. Nach Rasur und Ankleiden sah er sich jeden Raum des Hauses kurz an. Zuerst die Kammern oben links, dann Bibliothek, Arbeitszimmer, den großen Saal und schließlich das Blaue Zimmer und den Gartensalon. War der Zustand der Räume zufriedenstellend, ging er mit wohlwollendem Gesicht in die Küchenräume und begrüßte Frau Schwanke und Herta. Beide verbeugten sich kurz, Vater fragte nach dem Abendessen, antwortete meistens mit einem warmen »sehr schön« und ging durch einen der Hinterausgänge in den Park. Er faltete die Hände und saugte kräftig an der Morgenluft. Nach dem kurzen Innehalten reckte er sich und ging weiter zum Vorplatz. Er drehte sich um und betrachtete sein Schloss. Zuletzt begrüßte er Kutscher und Pferde, besprach den Ablauf des kommenden Tages, empfahl sich und ging durch den Haupteingang wieder ins Schloss. Dann war es neun Uhr und im Gartensalon stand das Frühstück bereit. Noch am Tisch sitzend stopfte er die erste Pfeife des Tages und erhob sich mit einer langsamen Bewegung aus dem Stuhl.

In seinem Arbeitszimmer endete das Ritual. Er setzte sich an den Sekretär und nahm die Briefe der vergangenen Tage in die Hand. Mit ruhigen Fingern strich er über ein leeres Papier, griff nach der Füllfeder und setzte sie auf. Die frischen Tintenhügel sanken langsam in die Papierfasern. Er stand auf, ging zum Fenster, nahm die Pfeife aus dem Mund und sah im Wiesenschatten letzte Tautropfen.

4. August 1939

Den späten Nachmittag verbrachten Mutter und ich im Gartensalon. Ich saß an dem halbrunden Wandtisch über Schularbeiten – sie las ein französisches Buch.

Grillenzirpen verebbte in der ankommenden Dunkelheit. Das Petroleum ging zur Neige und der Stundenschlag der Standuhr im Herrensalon durchbrach die Stille. Grün löste sich aus dem Blattwerk der Erlen und schwamm in den samtigen Abend. Das Kauzwort durchdrang die Luft – ihr Buch lag geschlossen. Mutter stand am Fenster und beobachtete das Land hinter dem Dorf. Wetterleuchten pulsierte kalt, Regen setzte ein und trieb die Wolken über Wald und Park zum Schloss. Unsere Hände spürten das Zittern des Fenstersimses. Blitze zogen in schneller Folge über das Dach. Ich dachte an den Schlossturm, der wie eine trockene Krone auf dem Dach hockte und das Umland überragte. Mit einem Knall breitete sich warmes Knistern aus.

»S' brönnt!«, schrie Frau Schwanke, die offenbar noch in der Küche zugange war. Mutters Daumen und Zeigefinger umfassten meinen Arm und sie zog mich hinter sich her. Frau Schwanke und Vater folgten uns ins Freie.

Gelbes Leuchten erreichte unsere Gesichter. Das Feuer fraß sich durch das trockene Gebälk und griff innerhalb weniger Minuten auf den Dachstuhl über. In die Wut der Flammen mischte sich Schluchzen.

5. August 1939

Mutter, ich und Frau Schwanke kauerten auf den Stufen vor der Remise. Mein Nachthemd klebte nass. Ich betrachtete Frau Schwankes bolliges Gesicht – ihre Falten wurden vom warmen Licht des Feuers betont. Schließlich schleppten wir uns in den leeren Stall am Ende des Platzes und sahen noch, dass Männer aus dem Dorf eine Feuerspritze brachten.

In den Perlen auf Mutters Stirn sah ich das letzte Aufbegehren der Flammen.

Mit dem Morgen wurde die Nacht wahr. Unser Schönenberger Schloss war bis zur Unkenntlichkeit verwüstet. Das Dach war eingestürzt und die Reste des Turms lagen wie riesige verkohlte Zündhölzer auf dem Vorplatz.

Mutter und Frau Schwanke waren verstummt. Auf dem Vorplatz hatte der Regen einen See hinterlassen.

Später folgte ich Frau Schwanke ins Dorf. Sie solle mich zu sich nehmen bis das Gröbste erledigt sei, so Mutter.

»Komme, komme, immerzu geradeaus«, sagte sie und machte eine aufmunternde Handbewegung. Doch ich ging langsamer, blieb fast stehen und fragte mich, was nun geschehen sollte.

Dresden
7. August 1939

Am späten Nachmittag erreichten wir unsere Wohnung in der Johannstadt. Zartes Licht umstreifte die Straßenzüge und zeichnete die geschmückten Fassaden nach. Herta stellte die beiden Koffer ab, schob den Schlüssel in das Schloss und öffnete den linken Türflügel. Unsere Wohnung – die kleine Wohnung, wie Mutter betonte – lag im vierten Geschoss.
Ich mochte die hohen, lichtdurchfluteten Räume und den Blick zu den Albrechtsschlössern am Elbhang. Vertraute Luft legte sich auf mein Gesicht und blieb. Tante Elsi saß bereits am gedeckten Kaffeetisch und erwartete uns.

»Nu, kommt rein«, begrüßte sie uns. Mutters Gesicht verzog sich kurz zu einem kleinen Ärger, kehrte jedoch schnell wieder in den gewohnten Ausdruck zurück.

Unser Abendspaziergang führte durch den Großen Garten. Wir umrundeten das Palais, gingen weiter bis zum Hygienemuseum und fuhren mit der Straßenbahn zurück in die Johannstadt.

12. Mai 1940

An meinem Geburtstag erhielten wir die Nachricht, dass der Wiederaufbau des Schlosses beinahe abgeschlossen sei. Erste Arbeiter hätten bereits die Heimreise angetreten. Auf Mutters Gesicht legte sich Freude und sie schob das Telegramm über den Tisch zu Tante Elsi.

Ich spielte mit meinem neuen Puppenherd und hatte das Geschehen nur nebenbei beobachtet. In einem meiner Töpfchen schwamm ein Kartoffelstück in lauwarmem Wasser; im Pfännchen lag ein Stückchen Wurst.

»Das is doch nischt fier an Jung«, hörte ich Elsis Stimme. Sie schüttelte den Kopf.

14. Mai 1940

Der Glanz von Tante Elsis Sommermantel begeisterte mich. Ihre Finger schnippten ein paar Fussel von der Bluse, dann sah sie nochmals kurz ihr Spiegelbild an und nickte. Mutter, ich und Herta standen sauber aufgereiht und beobachteten Elsis Prozedur. Ein letztes Mal betastete sie ihre Haare und legte die Camée an. Ihre feinen Falten erinnerten mich an die Oberfläche des Zuckerkuchens, den Herta tags zuvor gebacken hatte.

»Als Wegzehrung«, stellte sie mit zufriedenen Lippen fest und Mutter lächelte. Nun lagen die Kuchenstücke in zwei taschentuchbelegten Körbchen und begleiteten unsere Reise. Eine Heimfahrt, die sich wie ein Neubeginn anfühlte.

»Danke, liebe Elsbeth«, schloss Mutter das vergangene halbe Jahr.

Schönenberg

14. Mai 1940

»Ja, da schau her«, stellte Mutter erfreut fest und klatschte in die Hände.

»Ganz wie in alten Zeiten«, ergänzte sie.

Glanz war auf ihre Lippen zurückgekehrt. Ich wunderte mich, dass Mutter offenbar nicht bemerkt hatte, wie sehr sich die Fassade verändert hatte – sie wirkte weniger prunkvoll. Schlichter Putz ersetzte die Ornamente der Sandsteingiebel. Deren altertümlicher Klang war verloren gegangen und auch der Turm war nicht wieder aufgebaut worden. Stattdessen schloss ein schmuckloser Giebel den Altan ab. Der ockergraue Anstrich wirkte eher stumpf und unterschied sich kaum von den Parkbäumen ringsum.

Mutter und Vater umarmten sich freundschaftlich.

2. April 1941

»Gehaben Sie sich wohl«, verabschiedete Vater unseren Kutscher und überreichte ihm das letzte Lohnkuvert.

»Sie kennen die Zeiten«, fügte er noch hinzu. Der Kutscher deutete eine Verbeugung an und überreichte Vater im Gegenzug die Schlüssel zu Stall und Remise. Ein letztes Mal strich er seinen Kaiser-Wilhelm-Bart in Form, steckte die Dampfnudel, wie Vater Zigarren nannte, in den Mundwinkel und entfernte sich. Sein rechtes Bein zog er hinter sich her und hinterließ damit ein scharrendes Kratzen.

»Gehen wir«, forderte mich Vater auf, legte seine Hand auf meine Schulter und schob. Ich dachte darüber nach, wer mich nun an Regentagen zur Schule bringen würde. Ob Frau Schwanke oder Herta mit Pferden umgehen konnten? Vielleicht würde das Hufklackern nun verstummen – der Gedanke erschien mir fremd.

8. März 1942

Ich saß mit Frau Schwanke am großen Tisch im Gartensalon. Die »Umstände«, wie Vater betonte, erlaubten ihr, sich zu mir an den Tisch zu setzen. Der Geruch des Pökelfleischs kratzte an den Innenwänden meiner Nase und ich schob das Stück auf dem Teller umher. Meine Blicke wechselten zwischen Frau Schwanke und meiner Gabel.

»Iss Ocke, iss Ocke«, ermunterte sie mich, dabei weichte ihr Gesicht auf und Strenge wandelte sich in das Streicheln meiner Wange. Ich heiße nicht Ocke, dachte ich, sagte aber nichts, sondern schob stattdessen ein erstes Kartoffelstück in den Mund. Im Obergeschoss nahmen die Schreie, die schon den ganzen Vormittag überschatteten, zu. Ich kaute langsamer.

»Nu!«, kommentierte Frau Schwanke das lauter werdende Schreien und Stöhnen über uns. In ihren Augen lag eine kleine Euphorie. Die Kartoffel im Mundraum war zwischenzeitlich zu einer klebrigen Masse geworden und ich presste sie in die Speiseröhre. Mutters Schreie waren von einem müden Schluchzen abgelöst worden.

Abends stand Vater in seinem Arbeitszimmer und las mit warmer Stimme den Text, den er für die Verwandtschaft vorbereitet hatte.

»… dass am 8. März des Jahres 1942 unser zweiter Sohn, Karl Georg Freiherr von Diewitz bei bester Gesundheit das Schönenberger Licht…«. Er legte das Papier ab und schloss die Klappe des Sekretärs. Seine Finger legten sich auf die Mundwinkel.

10. September 1943

Vater starb unerwartet. Herta erzählte mir, er habe sich mit Freunden zur Jagd getroffen – sie hatte ihm das Gewehr gebracht.

Frau Schwanke sprach von einem »schrecklichen Unfall« und Tante Elsi schrieb, dass ihr »die Worte fehlen« würden. Scheinbar waren sie ihr wieder eingefallen, denn im weiteren Verlauf des dreiseitigen Briefes sprach sie von ihrem »lieben, gutherzigen Neffen«, der ihr auf »so tragische Weise« genommen worden war.

Mutter beauftragte Herta, die weiteren Kondolenzbriefe zu öffnen, herauszuholen und glatt zu streichen. Den Stapel sollte sie auf Vaters Sekretär legen, dass er sie lesen könne. Herta befolgte die Weisung.

Im Bett erinnerte ich mich an einen der letzten Sommertage, die Vater und ich im Wald verbrachten. Er erzählte mir von Hanghennen, die je ein kurzes und ein langes Bein haben sollen, und davon, dass Hanghennen zur Paarung einmal um den Berg herumlaufen müssten. Beim Lachen warf sein ganzes Gesicht Falten.

»Dem Katz', das hat vier Beine, an jeder Ecke eine, dem Katz' hat auch ein Schwanz, sonst wär' dem Katz nicht ganz. Butschebutsche drala, Violin Draht kaputt, butschebutsche drala, Violin kaputt«, sang er am Ende des Tages. Dabei wedelten seine Arme wild in der Luft herum.

13. September 1943

Wieder verkroch ich mich mit Vaters Tagebuch in die Ofennische. Nicht, dass der Ofen wärmte – Mutter ließ ihn erst ab Anfang Oktober anheizen –, doch er gab mir Geborgenheit. Mit meinen Händen spürte ich das lebendige Buch und den letzten Rest seines Geistes. Vaters Schrift wurde mir vertrauter. Langsam begriff ich den strengen und dennoch weichen Schwung seiner Buchstaben, das lange S, das zwei Zeilen benötigte, die herausstechenden Versalien.

Ich klemmte das Buch zwischen Ofenfliesen und Oberschenkel. Seine schelmischen Sprüche flogen durch die Luft und ich schloss die Augen.

»Junge Hunde mit Schoten«, antwortete Vater auf die Frage, was es zu Essen gebe. Frau Schwanke stellte einen Teller mit Plinsen auf den Tisch im Gartensalon und tatsächlich erkannte ich in drei gebräunten Röstflächen ein Hundegesicht.

An anderen Tagen kommentierte er »Schweinebraten mit Musike, Fleisch kein Happen«, lachte laut, sah Frau Schwankes gekränkte Blicke und entschuldigte sich sofort.

14. September 1943

Beim Frühstück erklärte Mutter, dass es der letzte Tag sei, an dem Frau Schwanke für uns arbeiten werde. Sie senkte ihren Kopf und stieß dabei Luft aus ihrer Lunge. Ohne Vater könne sie den Gesindelohn nicht mehr aufbringen. Herta dürfe trotzdem bleiben. Außerdem werde sie wohl große Teile der Ländereien verkaufen müssen. Sie strich über das krause Stirnhaar und räusperte sich.

»Es wird sich vieles verändern«, stellte sie abschließend fest. Ich nickte stumm.

Frau Schwanke saß an meinem Bett. Am nächsten Morgen würde Herta schon ohne sie unser Frühstück bereiten müssen. Ich saß aufrecht im Bett, starrte und wartete vergeblich auf ihr Abendlied.

»Es trauern Berg und Tal, wo ich viel tausendmal bin drüber gangen«, begann ich.

»Das hat deine Schönheit gemacht, die hat mich zum Lieben gebracht mit großem Verlangen«, führte sie fort und streichelte meine Stirn. Gute Frau, gutes Kind, dachte ich und legte meine Hand auf ihre.

17. September 1943

Ich streunte tagelang. Ich suchte etwas. Stillen Waldboden wollte ich fühlen, grub meine Zehen in Morast, spürte, dass meine Gedanken den Kopf verlassen hatten. Sie waren aufgestanden und suchten Vater. Nun beugte ich mich nach vorn und grub auch meine Hände in das Erdreich. Es war kälter als die Luft, die mich umgab. Ich spürte Gesundheit.

»Paul?«, hörte ich, »Paul?«, und sah auf. Da war nur der Dreck an meinen Fingern. Feuchte Erde wanderte über meine Haut und ich grub sie wieder ein. Noch tiefer.

Am Horizont sah ich Schloss Schönenberg und dachte: Unser lieber Großvater ließ es errichten. Es war der Muttersatz. Der Satz, den sie immer gebrauchte, wenn sie Fremde durch die Räume führte oder wenn sie sich mit Dresdner Freundinnen unterhielt. Unser lieber Großvater – dabei war es Vaters Großvater gewesen.

»Ein lieber Blitz schlug ein«, sagte ich.

»Und Mutter erkennt es nicht mehr.«

2. November 1944

Das Frühstück war schlechter geworden. Herta schien überfordert. Mutter beschwerte sich über zu dick geschnittenen Käse und fehlende Salzgurken. Die Butter war lieblos auf eine Untertasse gelegt, das Brot in ungleiche Scheiben geschnitten.

»Nein, kann nicht angehen«, stellte Mutter kopfschüttelnd fest. Sie tippte den Tassenhenkel an, führte die Tasse an den Mund und nippte. Nachdem sie die Tasse abgestellt hatte, setzte das Kopfschütteln wieder ein. An ihren zusammengepressten Lippen und einem doppelten Räuspern erkannte ich Enttäuschung.

9. Dezember 1944

»Kommt nach Dresden, so schnell wie möglich«, hatte Tante Elsi geschrieben. Es war bereits ihr dritter Brief dieser Art. Ihr Ton war flehender und eindringlicher geworden.

»In Dresden seid ihr sicher!«, Mutter schüttelte den Kopf und legte den Brief beiseite.

Heimlich öffnete ich die Doppeltür, die vom Blauen Zimmer in den Großen Saal führte und drückte meinen Körper hindurch. Eine schwere Kühle empfing mich – winters ließ Mutter den Saal nicht anheizen. Ich ging auf und ab und versuchte bei jedem Schritt mit den Zehenspitzen einen Spalt im Parkett zu treffen.

»Kommt nach Dresden«, flüsterte ich »kommt nach Dresden« und bildete mir ein, meine eigenen Atemwölkchen einzusaugen.

»Wir gehen«, sang ich, doch wir gingen nicht.

24. Januar 1945

Mutter ließ die Frühstücksgabel fallen. Ihre Hände waren dünn und trocken geworden. Ihre Augen hatten sich in den letzten Monaten tief in den Kopf gegraben. Wie Höhlen, stellte ich fest. Über die braunen Pupillen hatte sich ein milchiger Schleier gelegt.

Das Brotschneiden konnte Herta noch immer nicht richtig und auch den Käse schnitt sie noch zu dick. Mutter sagte nichts. Sie kaute wortlos an der schwarzen Rinde herum, kaute sogar noch den leeren Speichel nach dem Schlucken. Ihre Strenge war Gleichgültigkeit gewichen; ihre Heiterkeit im tiefen Geticke der Standuhr gefangen.

Abends sprach sie von den »Roten« und davon, dass sie näher kommen würden. Vor meinem inneren Auge erschienen erst Marienkäfer, dann Frauen und Männer in roten Umhängen. Dieses Bild verweilte für einen Moment, verschwand jedoch wieder, als Mutters Gabel erneut herunterfiel und ihr Aufschlagen ein stumpfes Klirren von sich gab.

Wer waren die Roten? Auch die Tapete im Herrenzimmer war rot.

25. Januar 1945

Eine weiße Stille bedeckte Dach und Münder. Man schickte Karl und mich früh zu Bett.

Das Einschlafen fiel mir schwer. Ich dachte an den feinen, mehlartigen Schnee, der auf Vaters Grab liegen könnte und stellte fest, wie weit Breslau entfernt war. Kälte kroch über die Innenseiten meiner Oberschenkel. Ich wollte hinausgehen, mit baren Füßen über Felder rennen und Vater besuchen.

27. Januar 1945

Wieder hatte ich von unserer Dresdner Wohnung geträumt. Von grüngrauen Streifen auf den Wänden und von Tante Elsi, die »edel, mei' Kind, edel« antwortete. Von Mutter, an deren Hand ich im feinen Anzug am Hosterwitzer Ufer flanierte. Wir blieben stehen und winkten dem vorbeikriechenden Dampfer. Das warme Licht meines Traums verlieh Mutters Gesicht Lieblichkeit.

Bei Maria am Wasser verließen wir den Weg und besuchten den Friedhof. Es tauchten Efeuranken auf und dann Vater, der mit dem naturwissenschaftlichen Lexikon in der Hand zu mir kam und auf die Worte *Hedera helix* zeigte. Im Traum erschien auch Schloss Pillnitz, das ich von einem Ölgemälde in unserer Bibliothek kannte.

Ich sah, dass weiches Licht durch die Fensterreihe im Wohnraum drang, sah mich auf dem Sims sitzen und auf Elbe und Albrechtsschlösser blicken. Feine Orte, dachte ich. Sonne berührte die Baumkronen – Glanz unseres Lebens. In Dresden und in Schönenberg.

Im letzten Morgenschlaf erschien in meinen Gedanken die *Ludwig Richter-Gabe* – eine gebundene Sammlung von Richter-Bildern, die Vater von der Dresdner Ver wandtschaft bekommen hatte. Auf der ersten Seite stand in weicher Kurrent *Zur freundlichen Erinnerung an deine Konfirmation in St. Afra – deine Tischobern.* Ich sah ausbleichende Bilder.

2. Februar 1945

Der Winter hatte nun das ganze Haus erreicht. Wände waren klamm und an den Fenstern blühte Eis. Ich war an diesem Morgen schon mit kalten Beinen aufgewacht. Noch im Bett liegend ballte ich abwechselnd meine Füße zur Zehenfaust und streckte sie wieder. Langsam kehrte Wärme zurück. Herta war gerade mit dem Anheizen der Kachelöfen beschäftigt als mir Mutter auf der Treppe entgegenkam. Sie strich mit dem Daumen über mein Kinn und ging wortlos weiter. Mutters Schritte waren unsicher. Ob es am schlechten Essen lag? Regelmäßig verließen zitternde Seufzer ihr Gesicht und ich überlegte, ob ich sie zählen sollte, verwarf die Idee aber schnell wieder.

Sie ging bis ans Ende der langen Diele im ersten Geschoss und betrat Vaters Arbeitszimmer. Kurz darauf erschien sie wieder in der Tür, einen Lederriemen um die Hand gewickelt, an dem ein Täschchen baumelte. Vaters Leica.

»Herta, bringen Sie mir Körbe und Koffer!«, befahl sie nun und legte die Kamera ab.

3. Februar 1945

Den Wäschekorb, in den sie zuvor die Kamera gebettet hatte, trug sie in den Gartensalon. Ich beobachtete, wie sie vor den deckenhohen Vitrinen stand und dabei die Augen mit der Hand verdeckte. Schließlich ging sie zum Fenster und stammelte.

»Wäre Hugo den Roten begegnet«, begann Mutter ihre Rede, stockte und fügte noch »nein, mein Kind, wir können es nicht zurücklassen«, hinzu. Ich stand andächtig neben ihr und zuckte mit den Schultern.

»Porzellan, weißt du.« Ich drehte meine Augen zu den Vitrinen und betrachtete Figurengruppen, Vasen und Kännchen, die ordentlich und staubfrei in Reihen standen.

»Wir können es ihnen nicht überlassen!«, stellte sie entschlossen fest. Ihre Stimme ließ das Fensterglas zittern.

Manche der Objekte waren Erbstücke; seit langem in Familienbesitz, andere Geschenke von Vater an Mutter, oder umgekehrt. Sammlung – das war das richtige Wort.

Mutter stand lange am Fenster. Immer wieder hatte ich auf die Uhr gesehen – der kleine Zeiger war zwischenzeitlich von der Zehn zur Elf gewandert. Sie blickte mit stummer Kehle.

»Herta, bringen Sie mir bitte die Tücher.«

Später legte sie den Porzellanjäger auf ein Damasttuch, wickelte ihn ein und bettete ihn vorsichtig neben die Kamera. Dann griff sie nach dem nächsten Stück, nach der »wertvollen Kändlerszene«, und wickelte auch die beiden Liebenden in ein Damastlaken. Sie überprüfte die Marken der anderen Figuren, die anscheinend nicht gut genug waren und seufzte.

»Thüringen. Das ist Thüringer Porzellan.« Kurz darauf ging sie hinaus.

Abends verpackte sie das vierundzwanzigteilige Meißner Kaffeeservice. Die Tassen wickelte sie einzeln in ein Taschentuch und stapelte sie. Mit den Untertassen verfuhr sie ebenso. Ein letztes Mal studierte ich feingoldene Streublümchen und Porzellanoberfläche. Meine Fingerkuppe streichelte über ihre weiße Haut.

»Ganz glatt«, sagte ich – eine der Feststellungen, die ich aus meiner Kindheit herübergerettet habe – und Mutter horchte auf. Sie öffnete ihre Hand und ich legte die Tasse hinein.

»Herta! Bringen Sie Teller und Geschirrtücher!«

Der erste Teller rutschte aus ihrer Hand und zersprang auf den kalten Küchenfliesen. Mit der Schuhspitze kehrte Herta ihn unter den Tisch.

Mit dem Verpacken von Mokkakanne, Sahnegießer und Zuckerdöschen beendeten sie die Zeremonie.

»Sie können gehen.«

4. Februar 1945

Das Schloss sah bei diesem Wetter trostlos aus – wie der graubraune Eintopf, den Herta aus Kellerresten gekocht hatte. Ich folgte Mutter über den Vorplatz zur Remise. Tröpfchen bedeckten Mutters Haar. Sie griff nach dem Spaten, der an der Außenwand lehnte.

Ihre Schritte stampften durch den Park zum Wäldchen und dort hob sie ein tiefes Loch aus. Langsam ging der Nieselregen wieder in Schnee über. Wir gingen zurück ins Haus und sammelten das verbliebene Porzellan ein – ebenso Tafelsilber und die großen Leuchter, warfen sie in das Loch und strichen die Erde wieder glatt.

Ich stand noch eine Weile andächtig neben der Bodenwunde und flüsterte »Grab« in die dumpfe Waldluft. Grab wurde zu Gab. Ich drückte meine Hand in die nasse Erde und zog sie wieder heraus.

Die lederne Oberfläche der beiden Äste, die ich kreuzförmig auf das Grab gelegt hatte, gefiel mir. Ein Wurm war von Mutter geweckt worden und wand sich durch die frische Erde.

5. Februar 1945

»Karl wird bei Herta bleiben«, sagte Mutter mit matter Stimme.

»Sie wird sich gut um ihn kümmern.« Dann gaben ihre Beine auf und sie brach zusammen, konnte sich jedoch gerade noch am Handlauf des Geländers festhalten und sank langsam zu Boden.

»Mutter?«, durchbrach meine Stimme die Stille. Meine Zunge betastete, während ich weiterhin auf ihren gewölbten Rücken starrte, meine spröden Lippen.

6. Februar 1945

Mutter und ich wuchteten den Korb mit Porzellan und Tüchern die Freitreppe hinunter und trugen ihn über den Vorplatz. Unsere Beine waren schwer, die Arme kalt. Wind fuhr unter die Mäntel. Zunächst stellten wir den Korb vor der Remise ab. Im Vestibül standen weitere Koffer bereit und mit einem Mal erreichte eine Hast Mutters Körper. Schnell griff sie nach den Koffern, rannte über den hellen Vorplatzkies und ich hörte das seidenmatte Knistern, das ihre Schuhe verursachten.

»Paul! Komm schnell!«, rief Mutter, während sie die Pferde zur Kutsche führte.

Das Schloss verschwand im Park. Ob wir nach Dresden fahren würden, fragte ich Mutter. Sie überlegte eine Weile und antwortet nicht. Ich sah nochmal zurück. Der Gedanke, dass wir Tante Elsis Brief im Schloss zurückgelassen hatten, beunruhigte mich.

»Dresden?«

»Mutter, warum fahren wir nicht nach Dresden?«, fragte ich erneut. Stille bedeutete nein. Arme, einsame Elsi, stellte ich fest, doch meine Gedanken wurden bald vom Rütteln der Kutsche in den Schlaf gesaugt.

Als ich wieder aufwachte, wehte eisiger Wind die Dunkelheit über das Land. Mutters strenger Blick war noch immer auf die Landstraße gerichtet – selbst das Auftauchen eines Gehöfts änderte ihn nicht.

Bei Weißwasser
25. Februar 1945

Unvermittelt setzte eine feine, klare Singstimme ein.

»Hast du dein Lieb verloren, so hab ich noch das mein«, sang Mutter und richtete, während sie die Melodie weiter summte, ihre auffordernden Blicke auf mich.

»So wollen wir beide miteinander uns winden ein Kränzelein.« Die aufgehende Sonne stillte unseren Hunger und das Lied gab Kraft.

»Muskaten, die sind süße, Braunnägelein sind schön.«

Der Himmel öffnete sich und tiefes Licht ragte über Mutters Schultern. Es packte meine Augen; schnitt einen hellen Keil ins Land. Obwohl es blendete, starrte ich zum Horizont, an dem langsam eine Siedlung erschien.

»Hamse n' Tauschobjekt?«, fragte der Bäcker Mutters hängende Mundwinkel.

»Paul, bring mir ma zwe Tassen.« Über ihre feinen Lippen hatte sich in den vergangenen Tagen wieder die ursprüngliche Färbung gelegt. Von der Tülle der Mokkakanne war bereits ein kleines Stück abgebrochen – Mutter tauschte sie gegen zwei Gläser Kirschen.

Hof
12. März 1945

Wir gelangten nach Hof. Kurz zuvor waren wir auf eine Gruppe anderer Frauen gestoßen, deren Ziel ebenfalls der Bahnhof war. Auch ein Junge in meinem Alter war darunter. Seine tiefbraunen Haare bedeckten die Stirn und ich betrachtete den Teddy in seiner Hand.

»Paul von Diewitz«, stellte ich mich vor, woraufhin er seinen Teddy an die Brust drückte und in der Menge verschwand.

Auf dem vorderen Gleis stand ein Zug bereit – offene, kohlengefüllte Güterwagen. Mutter und ich schoben Wäschekorb und Koffer hinauf. Wir bauten uns ein Lager auf den Kohlen, das sich wie ein kleines Picknick anfühlte. Leichter Nieselregen wehte über den Bahnhof.

Langsam setzte sich der Zug in Bewegung. Ich hielt mich an der Metallkante fest, um das Schaukeln auszugleichen.

Der Fahrtwind kühlte unsere Gesichter – Mutter hatte sich zwischenzeitlich flach auf die Kohlen gelegt. Nach etwa einer halben Stunde erschienen in der Ferne Gleisanlagen und Bahngebäude.

»Was machen die Frauen da?«, fragte ich und zeigte auf die vorderen Wagen unseres Zugs. Mutters Augen erwachten und nun starrten wir gemeinsam zu den

Frauen, die Kohlen auf das Vordach des Bahnhofsgebäudes warfen. Bald warfen auch die Frauen auf den mittleren Wagen.

»Du musst weit werfen«, sagte Mutter und drückte mir ein paar Kohlenstücke in die Hand. Langsam näherten wir uns dem Empfangsgebäude und nun warf auch ich Kohlen auf das Wellblechdach. Hinter den Fenstern im ersten Stock hatten sich fünf Menschen versammelt. Sie verfolgten das Werfen und ich sah noch, dass einer der Männer aus dem Fenster kletterte und begann, die Kohlen einzusammeln.

»Da wohnen auch Kinder in dem Haus. Nun haben sie etwas zum Heizen«, erklärte Mutter.

Nach einer halben Stunde Fahrt verlangsamte sich der Zug und blieb schließlich stehen. Die Frauen auf dem vorderen Wagen, die zuvor das Kohlenwerfen begonnen hatten, sprachen mit dem Lokführer – das konnten wir sehen. Langsam sickerte die Nachricht durch. Die Strecke sei beschädigt, hieß es. Eine Reparatur sei möglich, würde aber mindestens einen Tag dauern. Nach und nach verließen die anderen Flüchtlinge den Zug. Manche standen verzweifelt auf dem Bahndamm, andere gingen sofort zu Fuß weiter. Auch Mutter beobachtete das Treiben und gab mir dann das Zeichen, dass auch wir den Zug verlassen würden. Beim Herunterhieven des Wäschekorbs fiel eine der wertvollen Vasen heraus und zersprang.

»Sei es drum«, sagte Mutter und verteilte mit jener gleichgültigen Fußbewegung, die sie von Herta gelernt hatte, die Scherben im Gleisbett.
Die Flüchtlingsmenge hatte sich zerstreut. Wir gingen noch zwei Stunden und schlugen dann am Waldrand unser Lager auf.

22. März 1945

Unter blauem Himmel gingen wir, doch er machte mich nicht glücklich.

31. März 1945

Am Straßenrand trafen wir auf einen kleinen, bärtigen Mann. Er schob ein Fahrrad über Grasnarbe und letztes, streunendes Herbstlaub. Er war kein Fliehender, sondern ein freiwillig Reisender. Sein Mantel roch nach dunkler Erde. Ob Mutter und ich ebenfalls diesen Geruch angenommen hatten? Dann betrachtete ich seine Schiebermütze, von der Zeit unförmig weich, und die Art wie er sein Fahrrad schob. Vierundsiebzig Jahre sei er alt und er erzählte von der Winterkälte, die noch in seinen Knochen steckte.

Eines der Bündel, die auf sein Fahrrad geschnürt waren, löste sich. Lumpen verteilten sich auf dem nassen Boden.

Aufgebrochene Birkenrinde säumte den Landweg.

20. August 1945

Unsere Nasen hatten einen tierähnlichen Instinkt entwickelt – wir orientierten uns mithilfe der Sonne und aßen wilde Beeren. In Coburg hatten wir die Meißner Teekanne gegen einen Handwagen mit Plane getauscht – Mutter zog, ich schob. An guten Tagen schafften wir zehn, an schlechten Tagen sechs Kilometer.

Ich lutschte einen Kieselstein.

»Das hilft gegen den Hunger«, betonte Mutter und ich spürte, wie mein Speichel ihn umfloss. Das kalte Gefühl erinnerte an Füße im Teich hinter dem Schloss. Füße, die einst durch das herbe, wohltuende Nass wateten.

Die Sonne blitzte ein letztes Mal durch die Laubwand und verschwand dann schnell hinter Baumreihen und Wolkenstreifen. Ich spuckte den Kiesel in meine Hand. Hatte sich seine Farbigkeit verändert? War er kleiner geworden?

Die Nächte verbrachten wir in unserem Handwagen.

Nürtingen

27. Oktober 1945

Ein zierliches Omsch mit verknittertem Gesicht sprach uns an. Mutter zuckte auf und blieb vorsichtig stehen. Das kleine Weib sah mit mitleidigem Gesicht zu unserem Handwagen. Unsere Wohnung gewissermaßen – und in diesem Moment dachte ich an einen Heimkino-Film, den ich von Vater zum letzten gemeinsamen Weihnachtsfest bekommen hatte. Fahrendes Volk, so der Titel, handelte von landstreichenden Zirkuskindern. Von Kindern, die für ein paar Pfennige in fremden Orten sangen und für ein kleines Klatschen Kunststücke aufführten. Mutter und ich waren auch zu fahrendem Volk geworden, stellte ich fest.

Die Worte aus dem Mund des Omsch klangen fremd. Sie erklärte Mutter dies und jenes, Dinge, die ich nicht verstand und zeigte schließlich zum Ende der Straße.

Unsere kleine Karawane setzte sich wieder in Bewegung. Sie zog, ich schob. Im abendlichen Gegenlicht sah Mutters guter Mantel schäbig aus.

Ich betrachtete das Haus intensiv, dabei wanderten meine Blicke über Kalkputz und Dachpfannen. Mit zunehmendem Starren verflüchtigte sich auch noch das letzte alte Heimatgefühl. Das Haus besaß keinerlei Ähnlichkeit mit unserem Heimatschloss.

Die Außenwände der beiden Geschosse waren hell getüncht und die Straßenseite des Dachs von einer unscheinbaren Gaube durchbrochen. Dann breitete sich in meinem Körper eine stumpfe Bewusstlosigkeit aus.

Das nächste Bild, an das ich mich erinnern kann, ist eine Kammer. Ein Dachraum mit zwei Strohbetten und Kanonenofen, ein schlichter, einfacher, holzbeplankter Raum mit einer Gaube, die Licht und Dunkelheit der Straße hineinließ.

Ich zog die Decke über meinen Körper und grub mich tief ein. In der Luft lag ein fahles Knistern. Kurz darauf unterbrach Wimmern meine gleichmäßigen Atemzüge.

»Mutter?« Sie zeigte mir nur ihren Hinterkopf. Ich drehte mich auf die andere Seite und sah Koffer und Wäschekorb. Guter Korb, dachte ich und kratzte mit dem Fingernagel über das Geflecht. Fester Korb. Ich legte meinen Arm über seine Brüstung und streichelte das Damastgewebe.

Allmählich versickerte Mutters Wimmern in unserem Stroh. Die Töne hatten sich vereinigt und trugen uns durch die erste Nacht. Es hatte dutzende erste Nächte gegeben – oft hatte Mutter erst kurz vor Sonnenuntergang ein Dach für uns gefunden.

Ich erinnerte mich an schlichte Tagelöhnerhäuser, Keller oder altersschwache Scheunen, durch deren Bretterschlitze wir den Schein des nachtblauen Himmels erahnen konnten. Das Gefühl für Kälte und Hunger hatten wir überwunden.

Doch diese erste Nacht, notierten meine Gedanken, erschien mir wärmer und vertrauter. Das Dielenholz der kleinen Dachkammer, die Strohbetten, auf denen wir lagen.

28. Oktober 1945

Am nächsten Morgen waberten zwei Frauenstimmen durch das Haus. Eine Stimme – den Mutterton – erkannte ich. Die anderen Laute hatten etwas Stumpfsinniges und für einen kurzen Moment erinnerte ich mich an den großen Hund unseres Kutschers.

»Das ist ein Leonberger«, hatte man mir damals erklärt.

Ob sich Mutter mit einem Hund unterhielt? – schnell verwarf ich den Gedanken wieder und stellte mir stattdessen vor, wie ein Mensch, der mit dieser undeutlichen Inbrunst sprach, wohl aussehen könnte. Meine Gedanken rutschten erneut in einen kleinen Schlaf.

Erste Morgenstrahlen drangen durch die Dachluke und weckten mich wieder. Mutters Stimme war mittlerweile verebbt. Ich setzte meine Sohlen auf das warme Holz und beschloss, nachzusehen. Vorsichtig ging ich die Treppe hinunter und umklammerte dabei den Handlauf. Fremde Stufen, dachte ich und zählte dabei ihre Astlöcher. Ich näherte mich der Stelle, die den Übergang von Treppen- zu Fußbodenholz darstellte; stand nun im breiten, kurzen Flur, der geradewegs in die Küche führte. Ich zögerte. Meine Ohren verfolgten das Schuhklackern, das aus der Küche drang.

»Bisch du dr' Paul?«, bellte die Leonbergerin.

»Paul?«, legte sie nach. Ich nickte.

»Dei Muadr, hat mr g'sagt, wie d' hoisch. I beh'd' Helene'«, begann sie, während ich meinen Kopf leicht nach vorne neigte, um sie besser zu verstehen.

»…und des isch d' Gerda«, dabei zeigte sie auf ein Mädchen, etwa fünf Jahre jünger als ich, das im hinteren Teil der Küche mit einem Besen hantierte. Ich beugte mich weiter nach vorn, doch es nützte nichts. Nur die beiden Namen hatte ich verstanden – die Leonbergerin hieß Helene, das Mädchen Gerda.

Kurz darauf drückte sich Helene zwischen dem Türrahmen und mir hindurch und verließ mit kleinen, aber schnellen Schritten das Haus.

»Grüß Gott«, presste Gerda durch den fehlenden Schneidezahn und wandte sich sofort wieder dem Fegen zu. Ihre Figur, bedeckt mit dem hellen Schürzenstoff, erinnerte mich an Herta und ihr Häubchen. Gerda hingegen trug kein Häubchen. Ihr Haar war zu Zöpfen geflochten.

Ich spürte, dass dieser Tag der Beginn des Neuen sein würde. Auf meine Frage, wo Mutter sei, antwortete Gerda: »Arbeida.«

Margarete mit den schmalen Fingern arbeitete – der Gedanke erschien mir absurd.

Zur Mittagszeit versammelten sich die beiden fremden Familien am Küchentisch. Ich hatte meinen Stuhl dicht an Mutters herangerückt, sodass sich unsere Oberschenkel berührten. Ich betrachtete reihum die Gesichter. Gegenüber saß die kräftige Helene, die mit der Gabel ein Rosenköhlchen aufspießte. Neben ihr saß Wilhelm und ich bemerkte, dass sein linkes Augenlid hinkte. Den Abschluss bildete die doppelzöpfige Gerda.

Mutter und ich betrachteten die ungeschälten Pellkartoffeln; nur zögerlich griff sie nach einer und zog die Schale in schmalen Streifen ab. In Schönenberg, erinnerte ich mich, hatte sich Herta darum gekümmert. Nun saßen wir am Tisch und schälten selbst. Und nach all den schweren Tagen der Flucht erschien mir das Bild dennoch merkwürdig. Margarete Freifrau von Diewitz schälte selbst, legte die glattgelbe Kartoffel auf meinen Teller und ich dachte: Iss Ocke, iss Ocke.

»Dabei heiße ich doch gar nicht Ocke«, antwortete ich versehentlich. Der Raum schwieg.

29. Oktober 1945

Gerda zog eine Schachtel aus dem Wandschrank, betrachtete sie einige Augenblicke und stellte sie dann mit einer zaghaften Bewegung auf den Tisch. Ihre Finger verwischten den Schachtelstaub und übergaben ihn der Kammerluft.

»Lametta«, sagte sie, betonte es jedoch »Lamedda«. Die silbernen Streifen waren breit, eher kurz und sorgfältig geglättet. Sie erzählte, dass sie im vergangenen Jahr mit dem Leiterwagen über die Bergäcker zog und die Metallstreifen einsammelte; erst in ein Körbchen und später in die Kiste legte.

»Lamedda«, wiederholte ich und berührte vorsichtig den Glanz der Streifen.

»An dem Abend«, fuhr sie fort, »mussten wir in den Schutzkeller.« Ihre Stimme klang trocken und mit kalten Fingern beschrieb sie jenen Septemberabend. Als der Fliegeralarm einsetzte, hatten Helene und sie gerade die letzten Kartoffeln gepellt und zu den anderen gelegt. Der Gewohnheit folgend, platzierte Helene noch die Schüssel auf dem Küchentisch und verließ die Küche nur widerwillig. Der Keller war ohnehin nicht tief genug gelegen, um Schutz zu bieten. Das Brummen der Bomber beunruhigte Gerda. Nach einiger Zeit stand Wilhelm auf, ging zur Haustür, öffnete und eine Druckwelle warf ihn zurück.

30. Oktober 1945

Als ich aufwachte, schrubbte Mutter gerade unsere alten Kleider über das Waschbrett. Die kalte Lauge weichte ihre Finger auf. Ich sah hoffnungsvoll in den Raum. Mutter neben Wäschesuppe, Mutter mit alten Augenhöhlen. Der tiefbraune Ton ihrer Haare hatte sich in den vergangenen Wochen verabschiedet. Grau breitete sich aus.

Ich musste den neuen Ort durchdringen, wollte seine Richtungen begreifen, den Ruch des einfachen Lebens.

Das weiße, zweistöckige Haus befand sich am südlichen Ende der Stadt. Hinter dem Garten verlief die Bahnlinie.

Ein Dorf in der Stadt, dachte ich, während ich in die Paulinenstraße einbog. Die meisten Häuser vereinten Stall und Wohnteil unter ihrem Dach. Die sonnengebräunten Holztore erinnerten mich an die Schönenberger Remisen und Ställe, an die Zäune im Dorf und an das Hainbuchenkupfer. Meine Blicke bissen sich fest. Plötzlich hielt ich es für möglich, dass Schönenberg mit unserem Weggang in eine Starre verfallen war. Vielleicht waren Herta und Karl im Vestibül des Schlosses festgefroren und mit ihnen die Uhren der Salons. Vielleicht hatte Herta Tafelsilber und Porzellan wieder ausgegraben und verpfändet.

Licht streifte die Härchen meiner Füße und riss mich wieder zurück in die Realität. Ich stand. Stehen tat gut.

Ich sah, dass Gerda das Haus verließ. Sie kam näher, zeigte auf die Stadt und ich schloss mich ihr an.

»Die Dreckbaura«, sagte Gerda und deutete mit der Nasenspitze auf eines der Häuser.

»Die stenkad drei Meter gega dr Wend.« Eines der oberen Fenster öffnete sich, ein Mann beugte sich heraus und schnäuzte auf die Straße. Wir gingen weiter.

»Der da oba hat sich verschossa«, sagte sie und verwies mit der Zungenspitze auf ein anderes Haus. Ich würgte.

Über Gerdas Armen lagen Hasenfelle. Sie müsse schnell zum Gerber, erklärte sie. Zögerlich streckte ich meinen Arm zu den Fellen, berührte sie kurz und spürte, dass sie noch warm waren. Wir überquerten die Brücke und bogen rechts ab. An der Außenseite des Gerberhauses führte eine hölzerne Treppe in das Obergeschoss. Gerda klopfte. Bald tauchte auch der Gerber auf. Auch er war namenlos. Waren alle arbeitenden Menschen namenlos? Ich dachte an unseren Kutscher und dann an Mutter, die mit unserer Flucht die Freifrau aus ihrem Namen gestrichen hatte. Meine Blicke fixierten wieder den Gerber. Er hatte die Hasenfelle entgegengenommen und strich über seinen

Schnauzbart. Im Grunde auch ein Hase, stellte ich fest. Die Härchen seines blonden Bartes wurden von der austretenden Nasenluft zum Schwingen gebracht. Dann strich er sie wieder glatt, atmete wieder aus, sprach, strich sie wieder glatt.

4. November 1945

Aus der quittengefüllten Emailleschüssel stieg der Duft des späten Herbstes, der sich über das Land zwischen Bahndamm und Stadt gelegt hatte. Gerda und ich saßen am Küchentisch. Mit sanften Bewegungen streichelten ihre Hände den Schalenpelz der Früchte, deren gelbgrüne Färbung sie vom kalten Weiß der Schüssel abhob. Zwischenzeitlich hatte Gerda die stumpfe Klinge in eine der Quitten gebohrt, versuchte, den Griff herunterzudrücken und die Frucht in zwei Hälften zu teilen. Es gelang ihr nicht. Für einen Moment betrachteten wir gemeinsam, wie die Quitte das Messer festhielt. Kurz darauf griff Gerda nach dem Gebilde und knallte es kurzerhand auf die Tischplatte. Doch das Messer ließ sich noch immer nicht lösen. Sie zerrte wieder am Griff, drückte ihn nach vorne und zog ihn dann wieder zum Körper hin, die Klinge bog sich und kapitulierte mit einem müden Seufzer. Ich starrte auf ihre Handinnenfläche.

Großes Pech, dachte ich, während ich das Blut von der Tischplatte wischte. Das Gefühl des nassen Tuchs in meiner Hand brachte die Erinnerung an Herta zurück. Herta, die ewige Helferin. Gutes, armes Hertakind.

Das Tageslicht wich langsam der Dämmerung. Dann erschien Gerda wieder im Türrahmen – meine Blicke umkreisten sie und fanden schließlich die verbundene, bepflasterte Hand.

6. Oktober 1946

Ich sezierte die feinen Risse, die über die Zimmerde-cke krochen wie Adersysteme. Doktor Wurster saß an seinem Schreibtisch, füllte Dokumente aus, schüttelte den Kopf. Verstohlen schaute ich zu Gerda, die reglos auf der Liege lag.

»Bettruhe« verodnete er. Helene kam mit dem Lei-terwagen, Gerda stützte sich auf unseren Schultern ab und setzte sich hinein. Helene griff nach der Deichsel und gemeinsam zogen wir. Ich drehte mich zu Gerda – sie hatte ihren Kopf in den Nacken gelegt und betastete vorsichtig die Binden. Eine feine Übel-keit kroch meine Speiseröhre hinauf. Flimmern streifte die Augenpartie und erschwerte das Denken.

Ich wusste nicht mehr genau, wie es zu dem Un-fall gekommen war; erinnerte mich nur noch an den leicht abschüssigen Weg, den Gerda *Schaala Bückele* nannte. Eine Gruppe anderer Jungen tobte über die Straße. Doch wer hatte ihr die Glocke auf den Kopf geschlagen? Schwindel erreichte den Rest meines Kör-pers und ich hörte meine Gedanken: »vielleicht ist es deine Schuld.«

»Ist es meine Schuld?« Mein Rücken spürte Gerdas verwunderte Blicke.

2. September 1947

Gerda rannte über die Straße, drehte sich kurz um und ihre auffordernden Blicke zerrten mich ebenfalls über den feinen Splitt, der die Fahrbahn bedeckte. Die geschlossenen Schranken des Bahnübergangs begrenzten die Straße und aus der Ferne kündigte das feine Wimmern der Oberleitung eine Vorbeifahrt an.

Wir erreichten die Engstelle zwischen den Schienen und dem Haus mit Turmhäubchen – den Punkt, an dem die Jägerstraße begann. Heimatstraße, stellte ich fest. Das Haus mit dem Turmhäubchen hatte mein Interesse geweckt. Gerda verschwand in der offenen Tür. Als sie spürte, dass ich auf der Straße stehengeblieben war, drehte sie sich um und grub ihre Blicke in meine Augen. Doch sie waren zu schwach. Noch einige Sekunden starrte ich in den Raum, musterte die Anordnung der Bodenfliesen und spürte Sonne auf meinem Rücken.

7. September 1947

Helene durchschnitt mit dem Küchenmesser die obere Wickelung der Mullbinde. Gerdas Daumen war noch dunkelrot angelaufen. Der Kopf der Leonbergerin wankte und wir betrachteten gemeinsam die Quetschmarke zwischen Nagelbettende und Knöchelchen.

»In dr Farbaschachtl«, sagte Gerda und legte dabei die Betonung auf Farba. Sie beschrieb die schwarze Eisentür, die sie mit ihrem ganzen Gewicht aufzog und erzählte, wie sie versucht hatte, sich hindurchzudrücken. Die Tür war zu schwer und klemmte ihren Daumen ein. Und ich dachte daran, dass ich draußen stehengeblieben war.

Abends lag ich im Bett und buchstabierte langsam. Farbenschachtel. Das Erdgeschoss des Gebäudes war rot-gelb verklinkert; das Dach von einem Giebel zerschnitten und zum Straßenknick hin bildete das turmartige Zeltdach den Abschluss. Farbenschachtel, sagte ich erneut, sprach es aber flüssiger aus und legte etwas mehr Klang in die Stimme. Nicht nur das Wort gefiel mir, sondern auch das Haus. Mit feinen Details hob es sich von den benachbarten Gebäuden ab – sie verliehen ihm einen herrschaftlichen Schwung.

»Edel, mei Kind, edel«, hörte ich Tante Elsi.

Auf dem Weg vom Flur in unser Strohlager erfroren meine Blicke. Der Farbton des gelben Klinkers ähnelte dem Anstrich unseres Schönenberger Schlosses. Meine Gedanken schwammen in diese Richtung und der leicht salzige Geschmack, der von meiner Oberlippe auf die Zunge glitt, brachte Wehmut.

Alte Bilder erschienen. Unser Gut am Dorfrand, die beiden gegenüberliegenden Stallgebäude und eine Remise am geschotterten Platz, die halbrunde Wiese vor dem Schloss. Das gute Licht, die gute Luft. Frau Schwankes Leib tauchte auf, wurde jedoch gleich vom Schlossturm abgelöst. Ich erinnerte den schlichten Giebel, der ihn nach dem Brand ersetzte, das sumpfige Gebiet hinter dem Park und das Grab unseres Familienschatzes.

Ich versuchte mir vorzustellen, wie sich das Gelände in den letzten beiden Jahren verändert hatte. Vergangene Worte holten mich ein. An manchen Tagen hatte Mutter nur von der »alten Kiste« gesprochen und dennoch erzählte sie gerne im Ort, dass sie das Anwesen ihrer Schwiegereltern in Ehren halte und dass es nicht immer einfach sei, sondern oft mit großen Entbehrungen verbunden. Die Leute im Dorf nickten höflich, deuteten Verbeugungen an und verabschiedeten sich.

8. September 1947

Am nächsten Abend nahm ich allen Mut zusammen und klopfte an Gerdas Kammertür. Sie flüsterte etwas und schließlich öffnete sich zwischen Rahmen und Türholz ein Spalt, durch den warmes Licht drang. Ich bat sie, mir mehr über das Gebäude zu erzählen.

»D' Farbaschachtl?«, fragte sie verwundert. Ich nickte. Gerda öffnete die Tür und bat mich in ihr Zimmer. Es roch süßlich.

Sie flüsterte etwas Unverständliches in mein Ohr. Uttahaus, hatte ich verstanden. Dann erzählte sie von ihren Freundinnen, die teils im Erdgeschoss, teils im Dachstock der Farbenschachtel wohnten. Inge, Elfi, Minna, Erika und Margot.

»Und früher wars an Uttahaus«, flüsterte sie erneut, hielt jedoch sofort ihre Hand vor den Mund als hätte sie etwas sehr Unanständiges gesagt. Ihre Stimme war aufgeblüht auf und klang fasziniert.

Als ich zurück in unsere Kammer kam, schlief Mutter bereits. Ich hob den Deckel der Mehltruhe und sah das umwickelte Paket. Seit unserer Ankunft lag es unverändert, lag es brav und edel. Das ist unsere Farbenschachtel, dachte ich und schloss die Truhe. Mutter war nicht mehr edel, sondern nur noch Margarete Diewitz und wurde von Helene sogar Gretl genannt. Mit unserer Ankunft in der Jägerstraße hatte sie auch das »von« aus ihrem Namen gestrichen. Es muss noch auf dem Weg zwischen Schönenberg und Nürtingen liegen und meine Gedanken diktierten den eigenen Namen. »Paul Diewitz« war mit dem einfachen Leben verschmolzen.

10. September 1947

Kurz vor mir hatte Wilhelm mit einer Ladung Klein-
möbel das Haus verlassen. Er würde in die französi-
sche Zone fahren und die Schatullen und Kästchen
gegen Stoffe und Zigaretten eintauschen. Einmal hatte
ich mich heimlich in den Gartenschuppen geschlichen
und eine seiner Zigarettenschachteln gefunden. Das
giftgrüne Signet beeindruckte mich.

Vaters Tod lag nun vier Jahre zurück, doch an diesem Septembertag erschien mir Breslau nah, fast nach-
barschaftlich. Ich ging auf der Straße und sah in den
offenen Himmel. Vor dem Klinkergeschoss begann das
Zeremoniell. Ich faltete meine Hände vor der Brust,
drückte sie ein wenig zurecht und betrachtete das
Muster der roten und gelben Ziegel. Die Fassade war
farbig, ja, doch das Dach war weißgrau. Das Lied, das
unsere Flucht begleitete, kam wieder in meine Ohren.

»Der Schnee, der ist zerschmolzen, das Wasser läuft
dahin. Kommst du mir aus den Augen, kommst mir
nicht aus dem Sinn«, flüsterte ich. Ja, der Breslauer
Schnee war geschmolzen.

Es war ein geborgener Ort. Er befriedigte das sehn-
süchtige Ziehen in der Brust und vertrieb den Traum
von Breslau. Durch meinen Kopf wanderten die fünf
Namen der Mädchen, von denen Gerda tags zuvor er-

zählt hatte. Inge, Elfi, Minna, Erika und Margot. Ein kleiner Neid tauchte auf und ich wünschte mich in einen der hohen, tapezierten Räume. In eine Badewanne.

Wohin war unsere Zeit verschwunden?

8. Juni 1948

Bereits im Treppenhaus bemerkte ich, dass etwas anders war. Es war nicht nur die klare Luft in meiner Nase, sondern auch eine neue Stimme, ein säuselnder Singsang, den ich nicht zuordnen konnte. Vorsichtshalber ging ich langsamer und spähte heimlich durch die Wohnzimmertür. Am Tisch saß nebst Helene eine Frau in buntem Gewand, die gerade ihre Hände von der Tischplatte löste und in gebetsmühlenartigen Sätzen sprach.

»Eine Tigerkatze sehe ich, eine Tigerkatze in Amerika« – ihre Hände waren über Helenes Kopf angekommen.

»Waaas war das? Waaas war das?« Auf dem Tisch lagen Karten – Helene sah angestrengt in das Gesicht der Wahrsagerin.

»Ich sehe Weinfässer und den preußischen Adler.« Sie verstummte und brachte die Karten in eine neue Ordnung.

Ich beschloss, die Zeremonie nicht weiter zu beobachten und verließ das Haus. Der Himmel spannte sich tiefblau über die kleine Stadt.

»Oh, Helene!« – bis auf die Straße war ihr Rufen hörbar.

»Ohh, ohh.«

Kurz vor der Farbenschachtel verlangsamten sich meine Schritte. Im Sonnenlicht wirkte das Gebäude noch frischer, noch freier.

Am Bahnübergang überquerte ich die Gleise. Auf der anderen Seite wandelte sich die Stadt in freies Land. Auf das kleine Wärterhäuschen folgte der Holzlagerplatz und ein Barackenbau. Weiter südlich schmiegte sich das Wäldchen an den Hang, der in die Bergäcker überging. Im Schutz der Bäume befand sich der Bunker, von dem mir Gerda oft erzählt hatte. Ich erinnerte mich an die klamme Kälte, von der sie sprach und an den weichen Boden. Das Motorbrummen ließ sie Zittern.

Und ich fror im Sommer. Entlang der Hauptbahn reihten sich Gemüsegärten aneinander, deren Abschluss wiederum ein Reitplatz bildete. Im Gleisfeld rangierten die Kalksteinwagen.

»Paule!«, rief sie. Auf ihren Wangen lag eine seidenmatte Schicht, die teils von rötlichen Aderläufen durchbrochen war. Mit einem stolzen Grinsen zeigte sie mir die Stelzen, die Wilhelm gebaut hatte. Sie lagen auf dem Gartenpflaster und mit langsamer Ehrfurcht kniete ich mich auf warmen Boden. Mein Zeigefinger strich über die astlöchrigen Hölzer und befühlte deren Hobelspuren. Die Oberfläche erinnerte an die Mehltruhe, die in unserer Kammer stand. Jene Truhe, in der sich unser Heiligtum befand, zwei Schönenberger Reliquien. Ich versuchte, mich an die Tage unmittelbar vor unserer Flucht zu erinnern. Doch die auftauchenden Fragmente fügten sich nur langsam wieder zusammen.

Mutters Rennen über den Vorplatz, Dreck an ihrem Umhang, das Loch hinter dem Park. Kurz hatte ich das Porzellan in der Erde gesehen, bevor Mutter das Loch wieder verschüttete. Ob Herta Karl irgendwann davon erzählen wird? Vielleicht hatte sie es auch längst wieder ausgegraben und zum nächsten Pfandleiher gebracht. Die lederne Oberfläche der beiden Äste, die ich kreuzförmig auf das Grab gelegt hatte, brachte mich wieder zu Gerdas Stelzen, die vor mir auf der Erde lagen. Grob behobelt und leinölgetränkt.

Gerda richtete sie auf und stützte sich auf meinen Schultern ab. Einen Augenblick später stand sie schon auf den Stelzen und stakste los. Die Kellertür stand offen, doch sie verfehlte die oberste Stufe. Auf ein kurzes Stöhnen folgte das spitze, aber müde Klirren des sterbenden Mostkrugs. Seine Scherben hatten sich in ihre Kopfhaut gegraben.

»Herrgott, Gerda!«, stöhnte Wilhelm.

Wilhelm mit dem Glasauge, zur Häfte sehend, zur Hälfte blind, dachte ich.

4. Oktober 1949

»Komm, mir ganget krähla macha«, sagte Gerda und umfasste mein dünnes Handgelenk. Erst zögerte ich, doch dann zog sie mich bis zum Ende der Lerchenstraße, den leicht ansteigenden Weg hinauf. Dabei bewegten sich ihre Beine mit einer gewissen Zufriedenheit.

Wir näherten uns dem Bahndamm. Auf dem Gleis neben der Hauptbahn standen die Waggons der Amerikaner. Wir gingen weiter und ließen den Eilzug nach Stuttgart passieren – Silberburg und Farbenschachtel ebenso. Wir bogen in den Hinterhof und ich sah die Rückseite der Farbenschachtel an: Fensterläden und Sprossenfenster, aber im Grunde überschaubar. Die Herrschaftlichkeit der Straßenseite war hier nicht zu finden. Hanne erwartete uns bereits. Sie reichte uns die Hand.

»Grüß Gott«, erwiderten wir.

Gerda griff nach einem Reisigbündel, bettete es auf den Baumstumpf und sah sich nach dem Beil um. Schließlich ordnete sie das Reisigbündel erneut und hackte mit dem Beil darauf herum. Ihre kräftigen Finger verrutschten und die Klinge teilte ihren Zeigefingernagel in zwei annähernd gleich große Teile. Mit erstaunlicher Ruhe betrachtete sie die blutige Angelegenheit, bevor sie wortlos verschwand.

Auf dem Hinterhofpflaster hatte sich ein rotes Punkte-
band ergeben, das der eintretende Nieselregen auflös-
te und langsam davontrug. Ich begleitete die Schlieren
bis in die Paulinenstraße, wo sie allmählich im Sand-
grau des Straßenbelags aufgingen.

26. Mai 1950

Das sonnige Wetter der vergangenen Tage hatte auf den Pfingstfreitag übergegriffen.

»Bloß g'schwind«, betonte Helene und machte sich auf den Weg zu Frau Reinhardt.

»Des wird daura«, sagte Gerda und sah mich kopfschüttelnd an.

Unsere Blicke verfolgten Helene, bis sie hinter dem nächsten Haus verschwunden war. Noch einen Moment verharrte Gerda am Fenster, lächelte schließlich und ging zum Schuppen.

Mit meiner Hilfe zog sie Helenes Fahrrad heraus, verabschiedete sich mit einem kurzen Winken und trat eifrig in die Pedale. Ihre Beine waren noch winterblass. Ich sah ihr nach und beobachtete wie sie hinter der Hausecke der Farbenschachtel verschwand.

»Mit'm Rad s' Knausa Bückele ra – i glaubs ed«, schimpfte Helene.

»D' Hanne hat g'sagt i solls laufa lassa.«
Gerda berichtete von Hanne auf dem Gepäckträger, von dem Jungen, der in ihr Hinterrad gefahren war und erzählte auch, dass sie benommen auf der Straße lag und den Himmel sah. Nach einer Weile kam Helene mit dem Leiterwagen und brachte sie zu Doktor Wurster.

Abends brachte man sie in Helenes und Wilhelms Schlafzimmer – die Stufen hinauf zu ihrer Kammer konnte sie nicht bewältigen.

27. Mai 1950

Ich klopfte mit dem Zeigefingernagel gegen die Schlaf-
zimmertür. Ihre Antwort erreichte mich zögerlich und
ich öffnete. Gerda lag mit halbgeschlossenen Augen in
Helenes Bett. Ich ging langsam hinein und spürte, wie
mein Körper den warmen Dampf durchschnitt. Auf
ihrer Stirn perlte Fieber.

Ich hätte sie vom Radfahren abhalten müssen, dachte
ich, schämte mich und spürte ein Zucken in meinen
Knien.

3. Juni 1950

Gerda richtete ihren Oberkörper auf und schob die Beine langsam aus dem Bett heraus; setzte die Füße auf der Erde auf.

»Sieben Jahre«, wiederholte ich ihre Worte. Sie rümpfte ihre Nase und nickte zustimmend. Ob vor sieben Jahren ein Spiegel zerbrochen war?

Sie erzählte nochmals von ihrem ersten Unfall am neunten September neunzehnhundertvierundvierzig – das Datum hatte sie sich fest eingeprägt und meine Gedanken sponnen aus ihren Worten ein Bild: Altweiberlicht streichelte Straßen und Dächer. Gerda stotterte in hölzernen Pantoletten über die Fahrbahn. Sie rannte den leicht ansteigenden Weg entlang. Die Lederriemchen rieben die Fußhaut zu einem hellroten Fleckenteppich. Sie rannte mit tapsigen Schritten zur Haustür. Dann spürte sie einen kurzen Flug, der für einen Moment an das Schnakentreiben über der Steinach erinnerte. Der Fall folgte unvermittelt und sie prallte mit dem Kinn auf die Eisenkante, die die erste Treppenstufe fasste. Das Kinn wurde von dem rostigen Metall in ein Oben und Unten geteilt.

»Herrgott nomohl, du Dubbeler!«, rief Helene, schnappte Gerda und warf sie in den Leiterwagen. Der Doktor hob eine Augenbraue; versorgte dann die Wunde.

Tage später trat unter den Klammern, die den Schnitt zusammenhalten sollten, Eiter aus.

Gerda hatte die Beine unter die Decke geschoben und sich wieder hingelegt. Ich sah zum Fenster. Warme Sommerstrahlen drangen ein. Uns könnte nun eine friedliche Zeit bevorstehen, dachte ich, drehte meinen Kopf zu Gerda und sagte: »Aber die sieben Jahre sind vorbei.« Sie war eingeschlafen – ihr Brustkorb hob und senkte sich gleichmäßig.

4. Juni 1950

»Gerda fantasiert«, sagte Mutter als sie die Kammer betrat.

Die Schweißperlen auf ihrer Stirn hatten sich vermehrt und ihre Haut war über Nacht blasser geworden. Helenes geblümtes Nachthemd ragte unter der Decke hervor.

19. Dezember 1951

Vom Gaubenfenster unserer Kammer sah ich, wie das letzte Licht des Tages die Turmhaube der Farbenschachtel streifte. Das Gebäude schien noch plastischer, noch präsenter. In Wellen erreichten mich die Gedanken an das Gewitter über unserem Schlossturm. Rostige Sehnsüchte sanken auf meinen inneren Grund.

Die Stadtkirchglocken schlugen erst vier und dann zehn mal. Ich lag und erwartete das regelmäßige Bimmeln des Glöckchens, das um zehn Uhr den Übergang vom Abend zur Nacht markierte. Zehnerglöckle, nannte es Gerda. Sie hatte von einem bestimmten Rhythmus gesprochen, dem sein Klang folgte und summte den Vers, den Wilhelm jeden Abend vor dem Zubettgehen sagte. Sauf aus, du Lumb, gang hoim, du Lumb.

Seit unserem dritten Abend in der Stadt zählte ich die Glockenschläge. Doch bisher war ich immer eingeschlafen, bevor der letzte feine Bimmelton erklang.

11. Januar 1952

Das Wohnzimmer war ein Eiskeller. Auf dem Tisch türmten sich unfertige Trachten – Helenes Heimarbeit. Gerda schaufelte Eierkohlen in das Ofenmaul; Knistern von Feuer und Glut brachte eine Erinnerung zurück.

»Wir warfen Kohlen auf fremde Dächer«, sagte ich. Gerda drehte sich verwundert um, betrachtete eine der Kohlen in ihrer Hand, sah dann wieder zu mir und zuckte mit den Schultern.

Sie setzte sich wieder auf ihren Stuhl und zog eine der Jacken vom Stapel. Arbeitende Gerda, dachte ich und meine Blicke verfolgten die Häkelnadel in ihren Fingern. Links neben ihr stapelten sich die fertigen Jacken.

Auf sieben Jahre Pech folgte nun Heimarbeit. Unbezahlte Arbeit. Mein Kopf schüttelte sich und ich spürte kaltes Zucken in meinen Händen. Gerda war zwölf Jahre alt und die Schürze passte ihr noch immer nicht.

Ich ging wieder in unsere Kammer. Der Winterabend kroch langsam. Die vier letzten Tassen des Meißner Services hatte Mutter versetzt und das Geld für neue Wolldecken ausgegeben.

Mutter setzte sich auf die Kante ihres Bettes und knetete die Handhaut. Sie seuftzte doppelt.

»Jeder von Diewitz hat das Gymnasium besucht«, seufzte sie. Ich nickte und betrachtete dabei ihre eingesunkenen Wangen.

»Aber uns fehlt das Geld«, führte ich ihren Satz fort. Ausgerechnet uns, dachte ich. Ausgerechnet die Freiherren von Diewitz waren zu Freileuten geworden. Mutter zupfte an ihrer Strickjacke und versenkte die Hände zwischen den Schenkeln.

26. Februar 1953

Gerda schob ein Brikett in den Küchenofen und durchrührte das Mischobstkompott. Mit der Zeit hatte sich ihre Körpergröße an die Schürze angepasst. Auf dem Küchentisch stand die Schüssel mit den Fasnachtskrapfen, die vormittags noch im heißen Fett schwammen.

Helene torkelte herein und der Likörgeruch aus ihrem Mund füllte die Küche.

»Frohe Weihnachten«, stammelte sie und stützte sich am Türrahmen ab, bevor sie schließlich umkippte. Sie wand sich käferartig über den Boden.

»I ko alloi uffstanda«, schimpfte sie und schlug ihre Hand in die Luft, richtete sich kurz auf, bevor sie wieder auf den Boden knallte.

29. Februar 1953

Helene stand am Fenster, blickte auf die Straße und durchrührte dabei mit dem Staubwedel die Luft. Der Flachmann drückte eine Beule in die Tasche ihrer Kittelschürze. Sie putzte nur am Fenster – einerseits, um hinauszusehen, andererseits, um auf die Vorbeigehenden einen fleißigen Eindruck zu erwecken.

Für einen kurzen Moment schien jemand ihr Interesse geweckt zu haben.

»Die fromme Alte!«, stöhnte sie. Ihr Atem hinterließ einen Schleier auf der Scheibe und feine Speicheltröpfchen hatten sich darüber verteilt.

Als sie bemerkte, dass ich die ganze Zeit neben ihr gestanden hatte, beugte sie sich zu mir herunter und lallte mit erhobenem Staubwedel: »Fromme senn alle bös!« Ich dachte kurz nach, starrte auf ihre Nase, nickte schließlich und verließ schnell den Raum.

27. März 1953

Gerda stand vor meiner Tür. Ihr Gesicht wirkte kantiger als sonst und sie formte ihren Mund zu einer straffen Spitze.

Das Simmern eines Zuges zog durch die Dachluke, – füllte den Raum zwischen uns. Gerda erzählte, dass ihre letzten beiden Schultage bevorstünden. Wenige Tage zuvor war sie vierzehn Jahre alt geworden.

1. April 1953

In den vergangenen Jahren hatten Gerda und ich den Heimweg geteilt. Doch bereits beim Aufwachen spürte ich die bevorstehende Veränderung. Ihre acht Jahre Volksschule waren vorüber.

»Und nun?«, fragte ich, nachdem sie mir ihr Zeugnis vor die Nase gehalten hatte. Gerda antwortete nicht. Ihr Gesicht suchte nach einem passenden Ausdruck.

»Schaffa.«

Helene hing in einer Hausecke und setzte die Flasche nochmals an den Mund. Sie bemerkte Gerda und mich. Die Luft zwischen uns schluckte ihr Lallen und sie ließ sich auf die Kiesel sinken.

10. April 1953

Mutter öffnete die Mehltruhe und griff nach dem Damastbündel, das seit unserer Ankunft unberührt darin lag. Dann legte sie es auf den Boden und hob schichtweise den Stoff.

Frühstück der Liebenden im Park, dachte ich, während der Glanz der Glasur einen heiteren Schimmer im Raum verteilte. Mutter richtete die Figurengruppe auf und gemeinsam studierten wir die Szenerie. Der Porzellandame waren zwei Finger und dem Herrn die Hutkrempe abgebrochen. Ich berührte die Bruchstellen – so, als würden sie dann schneller heilen.

In Mutters Gesicht lag nun wieder die schelmische Strenge des kleinen Mädchens – das Grinsen, das ich von alten Fotografien kannte. Für den Moment war sie zu einer Erinnerung geworden.

»Ich werde sie verkaufen müssen«, sagte Mutter. Sie legte das Heiligtum ein letztes Mal in meine Hände und griff dann nach der Leica, die noch auf dem Grund der Truhe lag. Vielleicht darf sie bleiben, dachte ich.

13. April 1953

Nun war die Mehltruhe leer. Blankes Holz irritierte mich.

5. Mai 1953

Gerda hatte das Haus vor mir verlassen. Arbeiten, dachte ich und sah im Spiegel des Fensters meinen Schmollmund.

Auf dem Weg zur Schule erschien das Bild der Meißner Figur vor meinem inneren Auge und ich fixierte es. Altes Geld; ein Geschenk von Vater an Mutter; das vorletzte Stück Friedrich Hugo Albert von Diewitz, das wir besaßen. Es war der Wert, der mich zum Abitur führen könnte.

Ich ging einen kleinen Umweg. Sonnenlicht streifte den hellen Putz des Fabrikbaues. Ich stand davor und sah zu den großen Fenstern hinauf, hinter denen Gerda sitzen musste. Manche waren geöffnet und ich bildete mir ein, das Rasseln der Overlock-Maschinen hören zu können. Nähende Gerda, dachte ich und sagte: »Faule Helene« in die Maiwolken.

12. Juni 1953

In dieser Nacht war das Grummeln des Zementwerks besonders stark ausgeprägt und lag müde auf der Stadt. Es war seine Bassstimme; ein Tonmuster, das uns niemals vollständig schlafen ließ. Mit den Jahren waren Töne und Staub zu dem Puls geworden, der uns am Leben hielt. Und dennoch beachtete ich ihn kaum.

»Es ist, wie es ist und es war, wie es war«, hatte Mutter oft zu sich selbst gesagt. Ich sagte es in die Nacht. Das Vibrato ließ meine Gedanken durch die vergangenen Jahre wandern, in denen sich das seltene Gefühl, heimatlos zu sein in einen dauerhaften Zustand gewandelt hatte.

Das Werkslicht trug Staub über die finstere Siedlung und legte ihn auf ihre Dächer. Hellgraue Stadt.

8. Juli 1953

Helenes Füße stampften die Treppenstufen hinunter. Die Koffer in ihren Händen schlugen gegen das Stufenholz und verbreiteten dumpfe Donnerschläge im Haus. Gerda rollte mit den Augen, verharrte dann jedoch aufmerksam.

»Gerda!«, schoss Helenes Stimme durch die Küchentür. Sie gehorchte sofort.

Ich sah in den Flur. Helenes dunkles Gesicht erinnerte mich abermals an einen Hund. Tags zuvor hatte Mutter erzählt, dass Helene zur Kur fahren würde.

23. Juli 1953

Hinten, oben. Ich hatte eine eigene Kammer bekommen. Um zur Kammer zu gelangen, musste ich am Vorhang vorbei. Oft stand ich auf der oberen Treppenstufe und ließ meine Blicke die Dunkelheit entlang wandern. Am Ende des Flures befand sich meine Tür. Links daneben, nur etwa einen halben Meter entfernt: der Vorhang. Dahinter befand sich die Finsternis der Schreinerwerkstatt. Ich huschte schnell und schloss hinter mir ab.

Mein hartes Bett. Der Nachthimmel hinter der geriffelten Scheibe der Dachluke war seltsam verfärbt. Bei den Zweigen hell, direkt über dem Haus fast schwarz. Hinten zum Berg hin roch es nach Heu und Zug. Auf der anderen Seite der Schienen befand sich die alte Ziegelei, weiter rechts das Wäldchen. Bäume drückten sich den Berg hinauf, schlingerten, liefen wie über Wasser. Wind döste lau.

Ich atmete flach; drückte meine Hand gegen den Bauch und spürte mit kurzem Zeitversatz den Puls. Er durchtrieb den Körper. Ich lag wach, Blicke flogen zur Holzdecke und der trüben Birne, die warmes Licht in der Kammer verteilte. Fahler Schein bedeckte die gegenüberliegende Wand. Meine Kammer.

Die Nacht kam endgültig an. Die Farbigkeit der Decke über mir widerstand meinen kräftigen Blicken. Ich wünschte mir eine Veränderung, ein Lebenszeichen von der Welt. Über mir befand sich der obere Dachboden.

»Obere Beene«, sagte Helene. Dort lagerten Heu und Holz. Trocken klirrendes Heu, das zu Staub zerfällt, Brennholz, zu ordentlichen Scheiten zerkleinert, sägeraue Platten für Möbel.

Obere Beene, soso. Durch die Ziegel dort oben drang vorgewitterlicher Sommerrest ein und ließ die Halme flimmern. Ich konnte es spüren: das ockerfarbene Leuchten der Beene und dachte an die Treppe, die nach oben führte.

Auch Gerda hatte Angst. Angst vor einschlagenden Blitzen, die Dachstuhl und Kammern in Brand setzen würden.

»Awa, der haut z'erscht in d' Oberleitung«, hatte Helene gesagt.

Meine Blicke kreuzten das Fenster. Draußen überkam den Oberleitungsdraht ein feines Zittern, das sich schnell verstärkte und in das mechanische Surren eines Güterzuges wandelte.

Es erwachte die Erinnerung an Schloss Schönenberg.

»Unser lieber Großvater ließ es errichten«, klang Mutters Stimme, während in meinen Gedanken wieder das Bild des zweigeschossigen Baus auftauchte. Eckrisaliten, Altan und Rundbogenfenster wirkten antiquiert.

»Der Zeitgeschmack, verstehst du.« Ich verstand es nicht mehr.

Farbenschachtel
4. August 1953

Die Erde der Bergäcker war trocken. Ich ging erst den Feldweg entlang und wechselte dann auf die Wiese.

Meine Finger tasteten nach dem Wurstzipfel, den Gerda mir vormittags abgeschnitten hatte und langsam zog ich ihn heraus. Ich sah ihn genau an und dachte an die beiden Ziegen im Garten hinter dem Haus. Meine Gedanken hatten sie Helmut und Irene genannt. Irene hatte man zu Hartwurst verarbeitet; Helmut bisher noch nicht – und mittlerweile erschien es mir möglich, dass er eigentlich eine Helmute war. Ich biss hinein.

Meine Augen sahen zum hellen Himmel. Ich verfolgte die weiß glänzenden Striemen, die über meine Netzhaut zogen. Blinzeln vertrieb sie und ich ließ meine Blicke über die Wiese wandern, bis sie hinter der Bahnlinie das Zementwerk fanden. Der Staub verlieh der Stadt Charakter, stellte ich fest.

Hinten, über dem Neckar, tauchten Wolkengebilde auf und kreuzten die untergehende Sonne. Licht verschwand und mit ihm die goldenen Spitzen der Gräser. Das letzte Wurststück durchwanderte meine Speiseröhre und ich ging weiter dem Horizont entgegen.

»Eine glückliche Irene«, sagte ich zu mir selbst und wusste doch, dass es gelogen war.

Die Gewitterfront näherte sich schnell – ich hörte bereits die fernen Donner und verharrte.

Dann ging ich mit großen Schritten zurück zum Haus. Die Bahnschranken waren geschlossen und ich erinnerte mich an Gerdas Angst vor einschlagenden Blitzen. Der Zug passierte. Große Regentropfen musterten die Straße – ich erreichte das Haus.

Ich klopfte an Mutters Tür und öffnete. Sie stand kauend im Raum und bat mich herein.

Der Abstand zwischen Blitz und Donner verkürzte sich. Regen setzte ein. Wir standen am Fenster und blickten in das schwache Licht. Mutter legte drei Finger auf meine Schulter und summte eine Melodie, die mir erst fremd erschien und dann vertrauter wurde. Ade nun zur guten Nacht.

Wir sahen zur Farbenschachtel. Blitz und Donner schlugen zeitgleich in ihr Türmchen. Inge, Elfi, Minna, Erika, Margot, dachte ich, während sich das Feuer im Dachstuhl ausbreitete. Ich sah Mutter, Frau Schwanke und mich vor der Remise, sah das schwarz verschrumpelte Turmholz, doch die Farbenschachtel holte mich zurück in die Realität. Eine leuchtende Kugel drang aus ihrem Erdgeschossfenster und rollte über die Straße. Mutters beschützende Finger krallten sich in meine Schulter. Wir starrten.

Unglück hinter uns, dachte ich, sah auf die Straße und sah das warme Leuchten der Farbenschachtel. Der brennende Dachstuhl spiegelte sich in der regennassen Fahrbahn. Meine Haut spürte das neue Leben.

Später hörte ich nochmals von Wilhelm. Wilhelm mit dem Glasauge, zur Hälfte sehend, zur Hälfte blind.

Man erzählte mir, er hätte sich in die Waschküche gesperrt und – am Putzen der Mostfässer verzweifelt – ein Feuer gelegt. Wilhelm, der Brandstifter, sehend blind. Vor meinem inneren Auge erschien der mittelgroße Mann in feinkarierter Knickerbocker und das ordentlich gescheitelte und dennoch schiefe Gesicht.

Nach einer Woche holten sie ihn aus Zwiefalten ab. Das Feuer war gelöscht.

»Sie warfen Kohlen auf fremde Dächer«

Ein Nachwort von Frederik Schissler

An der polnisch-ukrainischen Grenze steht ein Mädchen neben ihren vier Reisetaschen am Straßenrand. Sie, ihre Mutter und weitere ukrainische Flüchtlinge warten. Worauf sie warten, wissen sie nicht. Darauf, dass es weiter geht; irgendwie, irgendwohin. Es ist elf Tage her, dass der Krieg in der Ukraine ausbrach, zwei Tage, dass das Mädchen und seine Mutter die kleine Stadt nahe Kiew verlassen mussten. Ein deutscher Reporter fragt die Achtjährige, was sie sich am meisten wünsche. Sie antwortet: »Ich will meine Haustiere wiedersehen. Es soll einfach alles wieder normal sein.«

Die Parallelen zwischen Pauls Geschichte und der ukrainischer Flüchtlinge waren vom Autor nicht beabsichtigt. Die Idee zu dieser Erzählung war bereits 2018 entstanden – lange bevor der Angriffskrieg nach Europa zurückkehrte. Es ist der Zynismus des Zufalls, der diese Geschichte aktueller denn je erscheinen lässt. Und doch sind Parallelen zwischen Pauls Erleben und dem ukrainischer Flüchtlingskinder nicht zufällig, denn heutige Kriege folgen dem gleichen Muster wie vor über 70 Jahren. Das erstaunt, leben wir doch in einer technologisierten Welt. Die Wissenschaft erforschte, wie sich Kriege verändern würden. Von einer Anonymisierung war die Rede. Davon, dass Schlachten in Zukunft per Joystick geschlagen werden. Ein Kampf der Roboter.

Wie passen dazu die Bilder aus der Ukraine? Menschen, die sich vor Panzer werfen. Soldaten, die in zivile Häuser eindringen und diese plündern. Auch Brückensprengungen und das Zerstören von Eisenbahnlinien sind in Zeiten von künstlicher Intelligenz und automatisierter Waffensysteme immer noch Mittel der Kriegsführung.

Dieser Krieg gegen die Ukraine ist nicht indirekter, nicht weniger unmittelbar. Dennoch werden Vergleiche mit dem Zweiten Weltkrieg gescheut. Es stehe außer Verhältnis und relativiere das Leid derer, die Oper einer europäischen Massenvernichtung wurden.

Objektiv betrachtet mag es stimmen, dass beide Kriege nur bedingt vergleichbar sind. Das Gebiet, auf dem Gefechte ausgetragen werden ist deutlich kleiner, weniger Menschen sind bislang gestorben und die Kriegsverbrechen der russischen Armee haben in ihrer Brutalität noch nicht jene der Wehrmacht und des Nazi-Regimes übertroffen (wenn man sich denn zutraut, im Fall dieses barbarischen Verhaltens Abstufungen vorzunehmen).

Subjektiv betrachtet befinden sich das Mädchen und ihre Mutter an der polnisch-ukrainischen Grenze in der gleichen Situation wie Paul. Für die persönliche Lage, das eigene Empfinden, spielt das Bild des großen Ganzen keine Rolle. Schmerz fühlt sich nicht weniger schlimm an, nur weil man weiß, dass andere Menschen einmal noch größeren Schmerz empfunden haben. Gefühle entstehen aus dem Moment.

Ob 2022 oder 1945 im Kontext eines Weltkriegs, in beiden Fällen erfahren die Menschen einen Moment der Flucht. So gleichen sich ihre Schicksale: Vertreibung, Zurücklassen, Trennung oder gar Zerstörung der Familie, Entbehrungen. Ganz entscheidend aber auch: Erfahren von Hilfe.

Ohne Hilfe – auch das zeigt die Erzählung – ist es unmöglich solche Situationen zu überleben. An keiner Stelle fällt der Satz ›Wir waren auf uns allein gestellt‹, denn wären Paul und seine Mutter das gewesen, die Flucht wäre ihnen niemals gelungen. Hilfe ist ein zentrales Motiv in dieser Erzählung. Anfangs noch Erleichterung des Alltags und Luxus, wandelt sich während der Flucht die Bedeutung des Begriffs. Hilfe wird existenziell.

Die Flüchtlinge warfen vom fahrenden Güterzug aus Kohlen auf das Vordach des vorbeiziehenden Bahnhof – damit die Menschen in dem Gebäude heizen konnten. Sie wurden nicht aufgefordert zu helfen, sondern taten es einfach. Die Personen im Bahnhof waren in der gleichen Situation wie die Flüchtlinge. Sie brauchten Hilfe, um zu überleben.

Es gibt einen entscheidenden Unterschied zwischen Pauls Welt und der des achtjährigen ukrainischen Mädchens. Die, auf deren Hilfe Paul und seine Mutter angewiesen waren, befanden sich in der gleichen Lage wie die beiden. Auch sie waren unmittelbar von den Folgen des Kriegs betroffen, auch sie waren Opfer der Zerstörung. Helfen ging an die eigene Substanz. Wir, die wir außerhalb der Ukraine leben sind von den Folgen des Kriegs nicht unmittelbar betroffen. Wenn wir für die Menschen in der Ukraine oder auf der Flucht spenden oder gar eine ukrainische Familie bei uns zu Hause aufnehmen, bedeutet das unter Umständen auch eine Einschränkung. Aber diese Hilfe geht nicht an unsere Substanz.

Tübingen, im April 2022

Anmerkungen

Sowohl das Adelsgeschlecht *von Diewitz*, wie auch Ort und Schloss Schönenberg sind fiktiv. Die Erlebnisse der Personen, sowie alle weiteren Ereignisse orientieren sich lose an tatsächlich Geschehenem.

Seite 8: Mit Tschitscheinegriene wird im ostdeutschen Sprachgebrauch ein schwer definierbarer Grünton gemeint.

Seite 24: Hier singen Frau Schwanke und Paul die zweite Strophe des Volkslieds »Ade nun zur guten Nacht«.

Seite 30: Die erwähnte Ludwig-Richter-Gabe erschien 1909 im Verlag von Alphons Dürr, Leipzig in der 18. Auflage.

Seite 38: Bei dem Lied, das Paul und Margarete von Diewitz immer wieder singen, handelt es sich um das Volkslied »Es dunkelt schon in der Heide«, das wiederum auf ein Lied aus dem 16. Jahrhundert zurückgeht.

Dank

Ich danke meiner Großmutter Irmgard Fürst, für die Erlaubnis, ihre Erinnerungen in die Erzählung zu weben – ihr ist dieses Buch gewidmet.
Vorlage für viele Szenen waren Erlebnisse anderer Familienmitglieder.

Großer Dank gilt auch meiner Lektorin Caroline Weißbach, die ausdauernd die Entstehung begleitet und vorangebracht hat.
Ich danke außerdem Frederik Schissler, der das Nachwort verfasst hat und Heike Diener für das Korrektorat.
Danke an Armin Bremicker, der mich bei Satz und Typografie unterstützt hat. Und ebenfalls an Silke Remmert für Unterstützung bei der Recherche.

Zum Gelingen des Projekts hat auch eine Förderung vonseiten des Kulturamts der Stadt Nürtingen beigetragen – an dieser Stelle herzlichen Dank für die Unterstützung!

Ich danke auch allen anderen Freundinnen und Freunden, die an dieser Stelle zwar nicht namentlich genannt werden, aber dennoch in die Entstehung involviert waren.